目次

前書き

東京から名古屋に引越して丸八年経ち九年目に入った（東京在住六十五年）。今、自分の過去、特に幼少期の頃のことが、走馬灯のように鮮明に思い出され、客観視できるようになった（二〇二二年からの執筆）。

あわせて、ロシアによるウクライナ侵攻が、追い打ちをかけるように、両親の悲惨な人生と重なり、触れたくなかった過去を呼び起こし、触れざるをえない現実を目の当たりにし、父母の思いを切実に感じた。

なぜなら、朝鮮半島、平壌《ピョンヤン》からの引揚者だったからだ。一九四五年八月十五日の太平洋戦争終結後、実母は先に帰国したが、二歳で亡くなった実兄の骨壺を持って（のちに記述するが、墓じまいでわかったこと）、どうやって北緯三十八度線を越えて日本へ帰ってきたのであろうか。

その姿を私は、知らない。

なぜなら私が四歳のとき、母は病死したからだ。聞くすべもない。

父は存命中は、ほとんど語らず、父の新しい配偶者と暮らす日々。なんの情報も伝わってこなかった。もっと真実を知っておくべきだった。真実を語ってほしかった。残念だ。

思いのたけを、母春子による出産と、四年間の母と生きた生活に思いをはせることにした。

第一章

椎名町時代

当時の母子手帳から抜粋する。

・子の氏名　山本孝子
・出生の場所　東京都豊島区椎名町六丁目四〇五〇
・出生の年月日　昭和二十三年十月十日

お産の記事のところ

・分娩日時　昭和二十三年十月十日　午前十二時五分
・体重　九百匁

夜中だった。しかも停電になった。

お産婆さんが、へその緒を切るのが大変だったとかで、私は、出べそになってしまった。今は完全にひっこんでいるが、十代前半までは、はずかしくて心配していた。

時間的な流れは全くわからないが、部分的に記憶に残っていることを、明記する。

天気のいい明るい日だったような気がする。母は私を連れて買物に行った。

デパートらしいところにいる。衣類を買いもとめていたようだ。私の手をひいて、あの頃の乗りものに乗って帰ったようだ。バスか、都電があったのか、わからないが。ちょうど気候のいい、その頃の春の季節だったのかな。

また、別の日だったと思うが、迷子になった。交番にいた。おまわりさんが、アンパンを一つくださった。うれしくて一生忘れることのない思い出のひとつである。

母がだいぶ経ってから迎えに来てくれた。手を引いて、一緒に帰った。

いつの日だったか、母は、幼い私にメモを書き、その紙切れをもたせて薬を取りにいかせた。よっぽど、具合がわるくなってきていたのか。その医者のところへ行けたのか。母に薬をわたすことができたのか。未だに思い出すことができない。

その時、私は四歳にもなっていなかったのではないか。三歳だったとしたら、わけわからず、ひょっとしてその時、迷子になったのか。ペンを進めるとそういう気持ちになる。

以下、散文詩を記述する。

――心のたまてばこ――

ずっと　しまっておいた
とおーい　とおーい　心の奥のたまてばこ
記憶のかなたから　引きだそうとしている
あのきらきらしたものは、
なんだったのだろう
いつまでも　頭から　はなれない
あのきらきらしたもの
ゆめのような　輝き
私の前をとおりすぎてしまった
母のすがた　いのち　ぬくもり
あの輝きは　母のたましいだったのか

まぼろしか――
大人になるまで　いっしょに笑いたかった
たくさん相談したかった
母といっしょだったあの町　あの頃　世の中はかわっていくのに
心のきずは　とわに消えない　とまっている
もっと　もっとお母さんと呼びたかった
私のそばにいてくれた　短い　あまりにもせつな的な瞬間
――心のたまてばこ

母、春子は、昭和二十八年五月三日、午前四時四十分、新宿区下落合の病院で亡くなっている。

亡くなる前、父は、私を病院へ連れていった。病に伏している母、苦しんでいたその顔、どうにもならない状況、針のむしろに座るとは、こういう状況をさすのだ。とき伯母が、だいぶ経ってから、

「たかこちゃん、お母さんがよんでるのに、なぜ、行かなかったの？」

母の顔をさして「なぜそばに」という意味あいである。ベッドの回りに、親戚の人が集まっていたと思う。

私は子供ごころに、おそろしいことがおこっているんだ、母の身にとてもおそろしいことが……と感じ、とても近づける状態ではなかった。

父が私の手をひいて再び病院を訪れ、病院の窓ぎわにたたずむ姿は脳裏にやきついている。

母の葬儀は、父の役所（東京法務局だったと思う）の同僚の方が、「お母さんの葬儀は、おれたちがしたんだよ」と言ってくださった。

ここで、母の出身にふれてみよう。

生年月日は、明治四十五年三月二十一日。

東京市麻布区新堀町四番地において出生。

父は小堀銈作、母は、はま――私にとっては祖父母である。五女ではあるが、途中で亡くなったりしてるので、実質三女である。

ここで、従兄小堀武信からいただいた資料によると、祖父銈作は、従四位勲三等、陸軍少将、陸軍法務官の職についていた。

祖母はまの父は、兵頭正懿、母は、田中くに。従兄通明の長女が、家系図を送付してきた。秋田県参事、島根県参事、長崎県参事など歴任、少し省略して、一八九三年三月二十日、千葉県知事に就任、産業振興に尽力等々、立派な方だと、伝えてきた。

追記

椎名町での、父との思い出。

雪が降った日、雪だるまをつくってくれた。空地があったのかな。記憶のかなたにばくぜんと残っている。どこにもある、どの時代にもある一コマ《ひと》である。雪というにおいを感じとった、父と子のたわむれた小さな思い出である。

小さな縁側があって、そこで写真をとってくれた。うしろから、母が私を支えているが一緒に写っている写真が一枚もない。父が破棄したのか、忘れるため。いや、最初から、写さなかったのか！　残念である。

縁側にて。

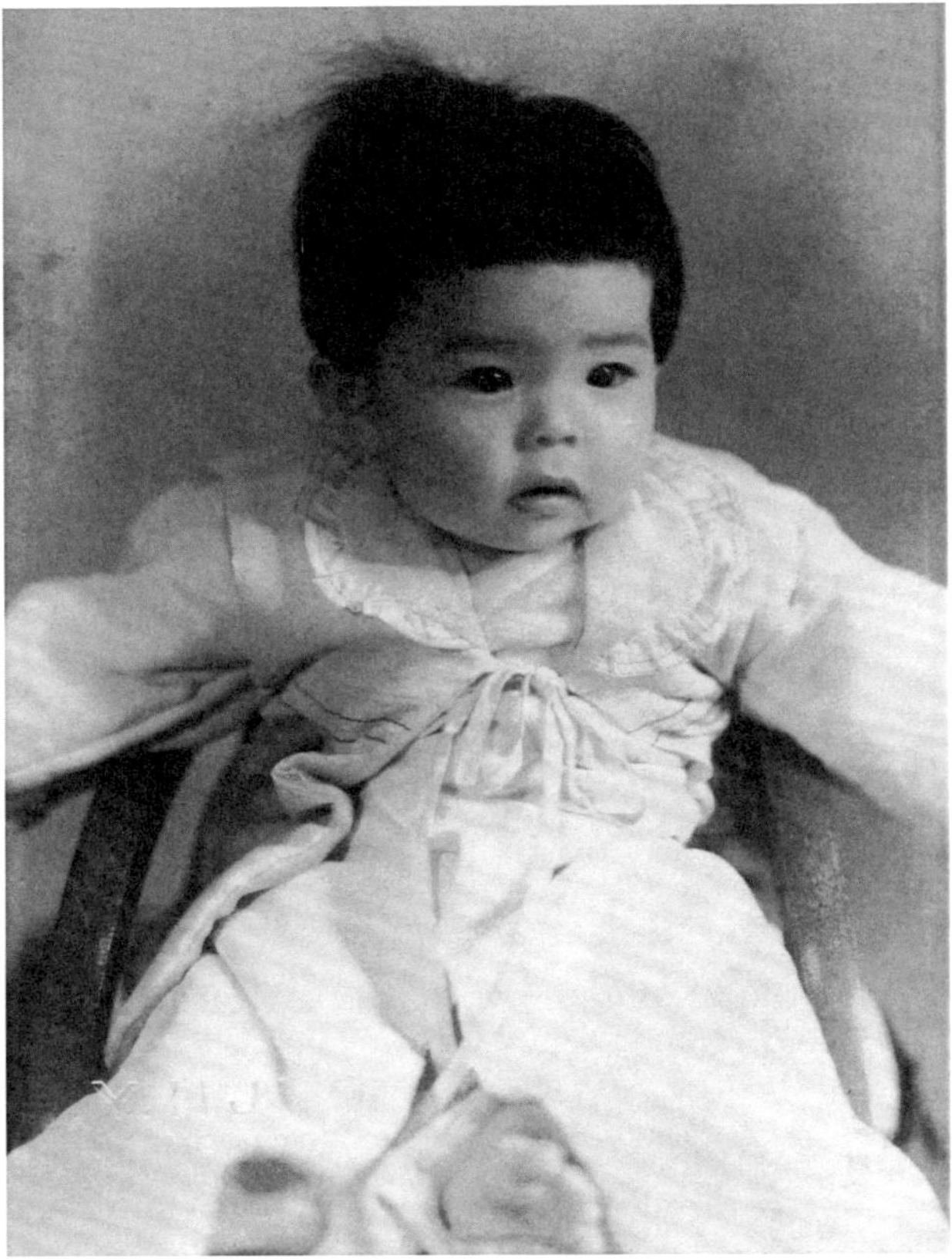

孝子、一歳のとき。

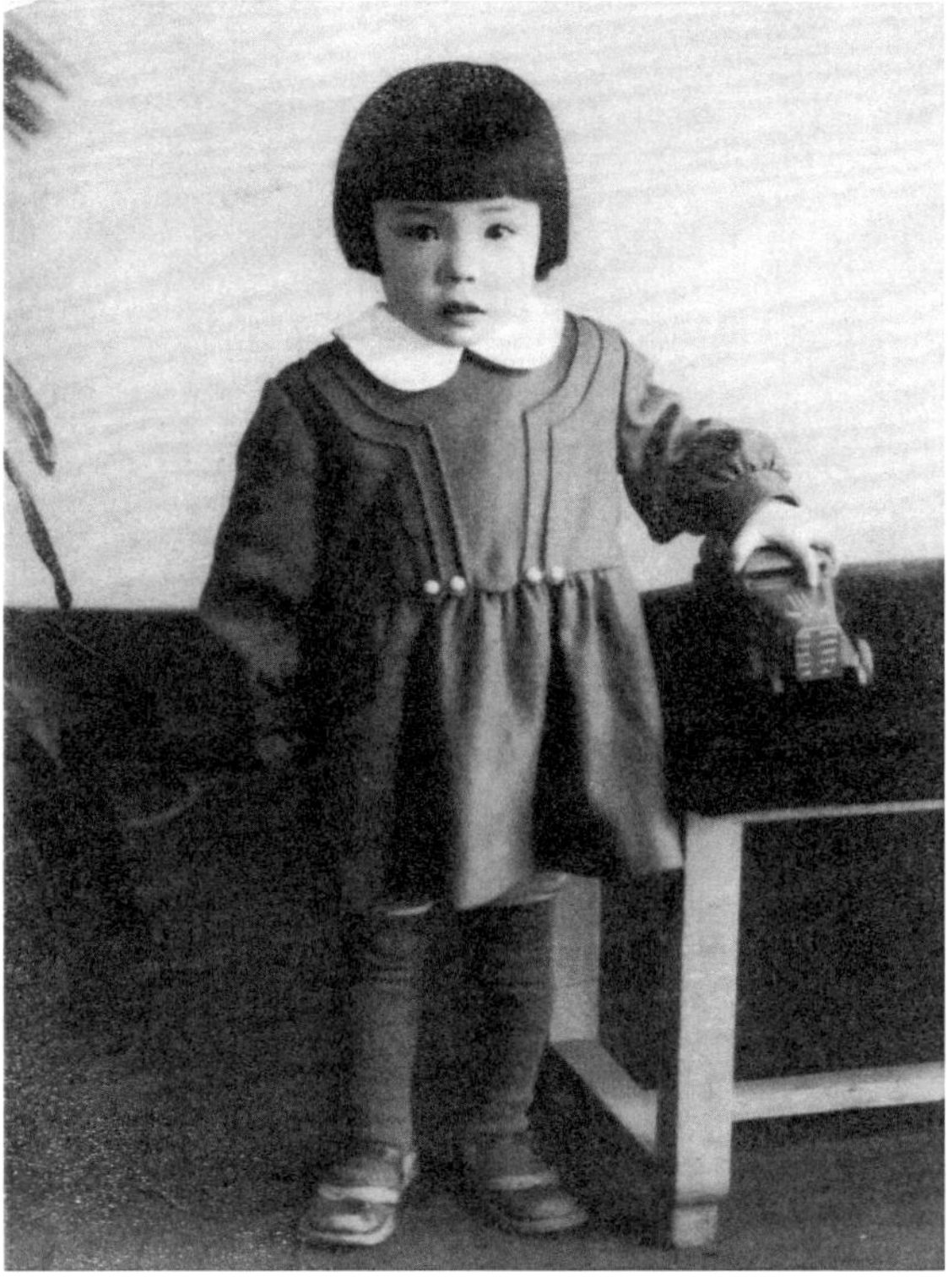

三歳のときの私。まだこの時は、母、春子は、生きていた。父と三人で写真屋へ行った。かすかな記憶がある。母がいたことを。

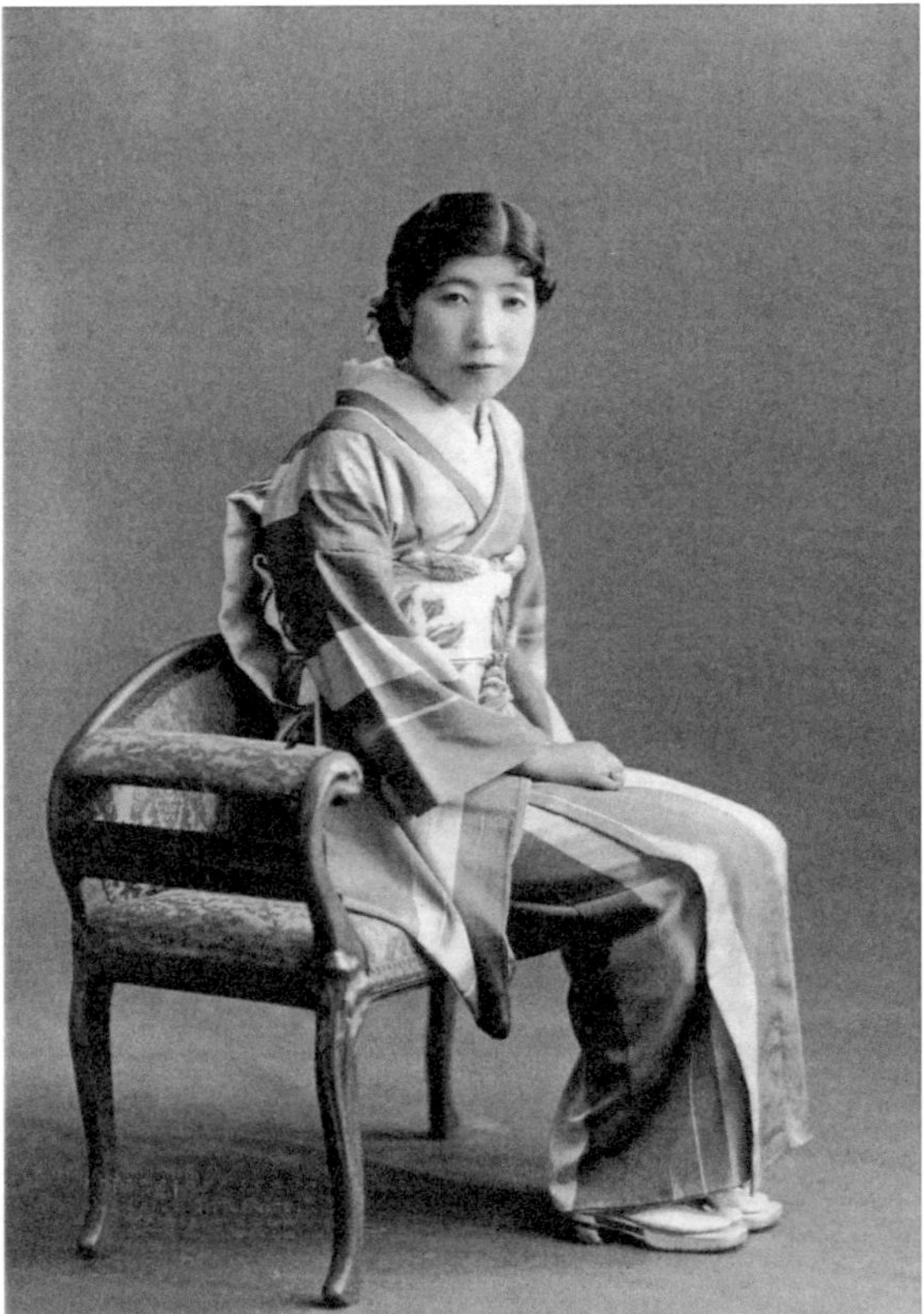

母、春子。独身の時の写真だと思う。

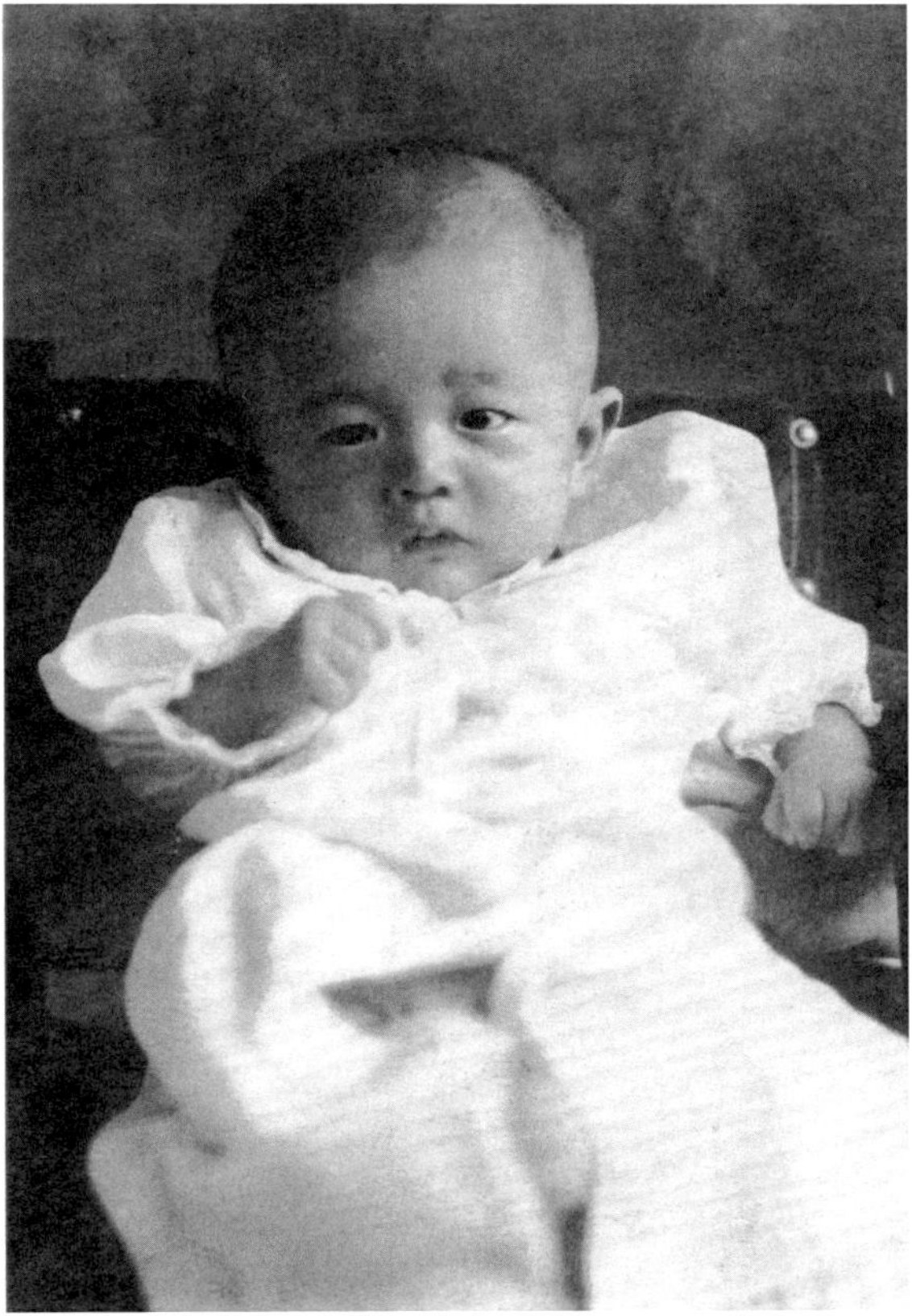

実兄、泰輔。生後百四日目。

品川の近くの公園。父と。

品川の近くの公園。父と。

第二章

品川時代

葬儀ののち、それからしばらくして椎名町をはなれ、父は、私を連れて、品川へ引越した。品川区北品川だ。

隣は、実母、春子の姉（いち伯母）一家が住んでいた。伯父は、もの静かな方で、やさしいご夫妻だったと覚えている。子供は、四人、といってもみんな、年上で、一番下は、私より九歳はなれていた。私から見れば当時の幼児だった自分から見れば、大人の兄弟姉妹だった。

私が住んだ家には、父方の祖母（すゑ）、年のはなれた父の甥、私にとっては、従兄が同居していた。昭和四年生まれなので私とは十九歳もはなれている。実父は四男だったので、甥が多かった。

隣近所は、細く長く、長屋のような一画だった。中央のところに井戸があったと思う。当時は、近所の知らない子らと、石けりなどして遊んだ記憶が残っている。

おばが、子供たちが皆あつまって遊びにいくから、ついていって遊んでおいでと促した。なにもわからず、ついていって無事に、帰ってくることができた。野原のような広いところだったと思う。紙芝居もあった。獅子舞もきた。

後に引越した代田にはなかった。

また、こういうこともあった。

おば一家の隣のうちへ、裏で続いていたので行ってみた。木のたらいおけで、お母さんが赤ちゃんを洗っていた。見ていて楽しかった。

品川時代は、父のやもおぐらし時代でもある。

時代の空気を感じますね。やもめ、やもお……電子辞書でしらべました。今の時代は、あまり出てきません。戦争があったからでしょうか。

ガード下のくつみがきは、印象的だった。何回か、子供の私も、このくつみがきというのに同行した。有楽町か、新橋か、渋谷か、わからないが、随分きれいにみがいてもらっていた。子供の私には、どこかわからなかった。靴をかうのも、同行し、随分またされた。

こういうことも、長い期間でなく、やがて終わった。

ソフトクリームの小さいのをはじめて食べた。バナナを知ったのも、このころか。いや小学校に上がってからか。

おしりにおできができたとかで、父は、私を医者へ連れていった。三輪車も買ってくれた。

また、短い期間だったが、幼稚園にもいった。他の女の子に泣かされたような記憶があり、私は泣いていた。それがいじめか何か、わからないが、その時代時代の何かあるのだろうか。代田へ引越しするにあたって、（本人である私は、その時点では、わからなかったが）転校するので、父が同伴し、みなさんに別れのあいさつをし、幼稚園の女の先生が転校のお話をしてくださり、品川の幼稚園時代は、終わった。

第三章

代田時代・幼少期から十代後半にかけて

またもや試練のときがきた。めまぐるしい幼少期だった。

父は、私を連れて世田谷の代田へ引越した。

その家の二階へとおされて、父は
「今日から、あたらしいお母さんだよ」

と紹介し、その横（背後かも）には、その母親（のちの義理の祖母）もいて苦しい、本当に苦しい日々だった。

幼少期の私は、見ず知らずのなんのゆかりもない、今まで会ったことのない、どんな人柄かもわからず、父親の独断で決めて、母親と思えるわけがない。父は、昼間は、仕事で留守。

数年なじめず、好きになれず、私は、どうふるまうか、子供ごころに、なすすべもなく悶々とした日々を三年ほどすごした。苦しい日々だった。

しかしながら、いつまでも続くわけがなく子供ごころに、私自身おれあっていきました。相手は、手をさしのべるタイプではなかった。子供の心の中まで入っていくような人では、なかった。限界があり、何回かいざこざが、ありました。私の態度がきにいらないのか、夜、私が寝いっていると、隣の室では、父が、役所づとめで、夜、おそくまで、書きものをしていました。今だから言える。――私が一人寝いっていると、今でいう、虐待の入口(継続性のない体にきずをつけない虐待)でしょうか。そんなに力を入れてないにせよ、小さい子供の体には、こたえました。殺気を感じました。なきさけぶこともできず、ずっとたえました。抵抗もできず。二～三回ぐらいあったでしょうか。そのうち、そういうことも終わっていました。もう少し、上になると、小学生三年か、四年のころ、私に対し気に入らないことがあると、義理の母は、せっかんしひきずり回そうと、逃げまどう私を、気が狂ったように、エスカレートして追っかけ回しました。やはり殺気を感じました。そういうことが一度だけありました。

昨今のニュースでも、家庭内の暴力が報道されますが、不幸な出来事です。実の親子でさえ、ごたごたがある世の中、ましてや、義理の親子となると、むずかしい。山あり谷あり、九十二歳まで、見取るまで、大変なことでした。お互いに、好きになることはできず、父の件も含め、いろいろあって、苦しい日々でした。父親の配偶者としては、そうだったと思えても、私の母親という気持ちまでは、お互いに無理でした。でも、今思うと、見取ることができて、義理の母の一族の墓にも納めることができて、跡をつぐ人も見届け、いろいろ相続の手続きも、その方のおかげで片づき、夫とともに、名古屋へ引越してきて、本当によかった。

話は、前後するが、小学校五年生のときだったと思う。夏休みを利用して、父は、北海道の札幌へ、私を連れていった。旅行だなんてかっこいいものでなく改葬のためだったのである。市の区画整理で墓地をとりこわすということらしい。あまり詳しいことは、わからなかった。行きは、日本航空、はじめて飛行機に乗った。帰りは、青函連絡船（八十八年廃止、トンネル開通）を利用した。

一泊した旅館で、そこのおかみらしき女性《ひと》が、「春ちゃんの娘さんかね」ときいてきた。私は、かるくうなずいた。

えー、知ってるんだ。母春子のことを。私が、もっと年齢が上になったら、いろいろ聞けるのに残念！　私はあまりにも、幼いというか。母の存在が、短すぎてわからないで終わってしまった。帰りは、骨壺の入ったカバン二つもあったので、運ぶ手伝いをして、青函連絡船に乗りこんだ。

小学校、低学年のころの激変期に、どのくらいの期間いたか、覚えていないが、品川の時、同居しており居候していた父の甥が、また、代田の義理の母の家に、居候ですんでいたのを思い出した。その父の甥は、若くして父親（父の実兄）を亡くし、私の父が、親がわりに随分世話し、かなりの年までお金の工面もしていた。いい時もあったが、さいごは、うだつがあがらず、消えてしまった。

そういえば、もうひとつ思い出したことがあります。父はよく義母のごきげんをとっていました。なんでも、私のことを叱責し、義母側につきました。前述した時と同時期か、そのあとかもしれませんが、義母は、いろいろ不満がつのったのでしょう。父と私は家を追い出されました。かぎをかけ、入れないようにされたのです。

父と私は、歩きました。私は、うんと歩いてもよかったのです。でも父私がもっと、大人だったら、家を出てもよかったのです。でも父は、なさけないことに、家へひきかえしたのです。

父は、私を叱り、私が悪いのだといいきかせました。私は、その時、悪いとはぜったい思っていませんでした。でも父は、私に折れていくことをさとらせたのです。大人と子供のちがいです。

戻ってみると、かぎは開いていました。こういうゴタゴタは、大なり小なり、くりかえしで日々すごし、義母はストレスがたまった時は、デパートへ行っていたようです。渋谷の東横デパートです。

また私は、叱られた時や、義母の風向きが悪くなってきた時は、渋谷の喫茶店西村へ行き、あまり高くないケーキを一つたべて家に帰りました。

こんなキツい日常の中にも、父が役所勤め（東京法務局）をしてましたので、出張があって、おみやげを買ってきてくれました。水戸の納豆、茨城のわさび漬、横浜の崎陽軒のシュウマイ、今ではあたり前にありますが。岡山のきび団子――今でも、当時ののがあるんでしょうかね。一度だけ、役所時代の運動会がありました。

また、父が映画館の中のニュースに出るというので、父と新しい母親と私で、渋谷の映画館に行きました。たしかに、父はスクリーンに出てました。東京法務局につとめてたので、仕事のことだと思います。渋谷の街頭演説の写真もありました。いろいろ写真もありましたが、東京を出るにあたり処分してしまいました。

こうして、小学校時代も終わり、私は、私立の女子中学校（高校まで一貫教育）に入学しました。と同時に、そのころ、父の定年で地方検事に任命されましたが、地方に出るのはやめて、自宅で弁護士業務をはじめ、今では、すっかり言わなくなりましたが、一人、男の書生さんを雇っていました。その方は、けっこう長く勤めてましたが、そのあと別の男の方に変わりました。準備期間だったのでしょう。しばらくして、銀座に進出し最後は、銀座四丁目の交差点から入ったところだったと思いますが、ビルの一室を借りてました。

ここで、父、嘉盛の出身と経歴を記載する。

古い話だが、実父は、自分の肩書に、誇りと生きがいをもって仕事をしていた。

前書きにも記述したように、朝鮮半島からの引揚者として、必要なことだと私は思ったからである。

・明治三十六年四月二十九日生　札幌区南三條西三丁目で出生

・大正十五年三月　弘前高等学校文科卒業

・昭和二年四月　東北帝国大学法文学部入学

・昭和四年十二月　高等試験司法科試験合格　高等試験委員長
・昭和五年三月　東北帝国大学法文学部卒業
・昭和六年七月から昭和十二年九月　弁護士名簿に登録し、法律事務に従事
・昭和十二年九月三十日から昭和二十二年（実際は昭和十九年ごろか）十年にわたり、朝鮮総督府判事、平壌地方院判事、平壌覆審法院判事、等々を歴任
・昭和二十二年四月十八日　佐世保上陸

父が残した書類の中から一部抜粋しました。ソ連が入ってきて、つかまったそうです。そんな中、ハンコ一つもって、命からがらに逃げてきた。生きて帰ってこられなかったら、私は生まれてい

ない。と父は、言っていました。後に、父の友人の娘さん（当時）が、

「お父さんは、大変でしたよ。ボロボロの服を着ておられました」

と語っておられた。私は当時、はずかしくて悲しくて、口がさけても言えなかった。でも、そうじゃない。そこには、深い深い意味があることを。その方は、実母春子にも会っていたのです。

十代の時、ＮＨＫで原爆犠牲者の姿のドキュメンタリーを扱っていて、しっかり見てはいた。また、最近一、二年、やはりＮＨＫで、少しの時間だけど、戦争孤児の駅でのすさまじい姿を映していた。

昨年から、今なお続いている、イスラエル問題。いつの時代も、戦争は、子供を犠牲にする。その時代に、生きてきたがゆえに、

大惨事の犠牲になる。二次被害、間接的被害、悲しいことです。

再び、私自身に、話を戻します。

中学時代の思い出です。

この頃は、小学校の頃より、義理の母は、精神面もおちついたらしく、カッカすることも少なくなりました。あきらめもあったのでしょう。

中学一年の時、クラスメイトのY（当時）によばれて、家に遊びに行きました。ヒロタのケーキをごちそうになりました。野球の話題でした。その当時のプロ野球選手の話をしていました。お父さんが野球好きだったんですね。若いお父さんで。私の父は、堅物で、苦労人で、年老いて、生活の余裕がなくて、あまりに、友人との生活のギャップを感じました。若い家族がうらやましかったです。

今でこそ、夫が野球好きで、野球の話は、苦にならなくなりました。

中学、高校を通して、個人的に誘われて、友人宅を訪ねたのは、この時、一回だけでした。

私の通っていた学校は、当時、軽井沢に山荘がありました。夏休みの時、希望者に、レクリエーションで、二泊三日ぐらいでしたが、サイクリング、ちょっとした山登り、皆と食事して、二段ベッドで寝おきする機会をいただきました。

中学二年か三年のとき、クラスの友人二人をさそって、プレスリーの映画を見に行きました。

中学三年の時、蓄膿症の手術を受けました。将来のことを考えて、頭をすっきりさせたくて親にたのみました。電車に乗れば、家から比較的近い町医者で、当時近辺では有名でした。完治はしていませんが、高齢の今、よかったと思ってます。

第四章

代田時代・十代後半から三十歳前後までの苦悩時代

高校三年は、進路を決める時期である。私は、父親が弁護士の職業についていていることもあり、大学は、当然入るものと思っていました。しかし、幼少期から、これまで、学校と家との、行き帰りで、これといった強い影響になるものがなく、勉強の面も、いまいちでした。学部も悩みました。今、思うと、バカなことしたと。現役のとき、ひとつも受験しませんでした。浪人しました。親からのプレッシャーは、大変なものでした。義理の母は、世間体を気にする人でした。

しかしながら、幼少期の環境の変化、ひょっとして、腹違いの弟か妹が出来たかもしれないという、ショッキングな出来事を経て、自分がこのまま、この家にいたくないと思いつつ、現実のむずかしさ、を感じる時期だったと思う。

思うようにはいかず、浪人を経て、私立大学の法学部に入学できました。

義理の母は、父親が年老いているから、短大でいい、と言っていました。たしかにそういう考えもあるかもしれない。しかし、かしこく、融通のきくものを、当時の私には、もちあわせがなかった。

入学してから、夏休みか春休みだったか、すっかり忘れたが、父は、弁護士会での、第○回ヨーロッパ巡業視察団といった名目で、一ヶ月～一ヶ月半ほど、留守にしました。

十六ミリカメラで撮影し、事務所で、上映し、自宅でも上映しました。その旅行で知りあったチェコのかたと、二年ぐらい文通してましたが、いつのまにか、その文通も終わっていました。

さらに、その翌年だったか、義母が、自分の出身校の卒業生の団体旅行の募集に応募し、ハワイ、アメリカ方面の旅行を一ヶ月程していました。二人とも、私が、ふらふらしていた時期を抜け出たので、ホッとしたのか、元気で出かけていきました。それぞれ、五十代、六十代だったと思う。

私自身と言えば、三年、四年と進むうちに、司法試験への受験の意欲がめばえ、通信添削（他大学のがあった）を利用したり、当時、〝受験新報〟という雑誌があって、司法試験受験の勉強会があって募集してたので、二〜三ヶ所ぐらい参加したりしてました。

一次試験だけは、卒業前後、二回は、受験した記憶がある。というのは、卒業の年だったか翌年だったか、残暑があった九月、父親が自宅で脳血栓で倒れ、救急車で運ばれ、比較的近い病院に入院した。七十二歳だった。

義母がいろいろ入院の手続きをし、いろいろ段取りをとった。私は、一晩つきそった。そのように、言われたので。当時、随分、心配した。危険な状態だったのか。もし、父が命をおとしていたら、私は、実の親を二人失うことになる。ぞっとした。九十一歳で亡くなったが、大変だった。でも、九十一歳まで生きてもらって、ありがとう。介護は、大変だったが……。

しばらく、入院、治療生活が続いた。

つきそいの人もたのんだ。父は一度だけ、入院先を抜けだして、家へ帰ってきたことがある。つきそいの方が、さがしにきて、病院へつれていった。

と同時に、銀座の事務所をどうするかという問題があった。義母は私に、事務所のことは、まかせると言った。私は、何をどうしていいかわからず、預かった通帳とにらめっこ。東奔西走した。必死だった。病状からして、復帰困難と思われ、事務所の閉鎖にとりくんだ。備品のかたづけ、かなりの量の法律書、冊子等々は、ある倉庫会社に保管した。結局、後日、処分したが。申し訳なかったが、いそ弁の先生、事務員の方にも、お話しした。

私は父が、弁護士業を自宅の応接間からはじめたころより、裏方で時々、かたづけ、お茶出し等々の接待の対応をしていた。こうして、いいこと、わるいことは別にして、銀座へ出る機会もあったので、少しささやかな思い出をかきます。

三越デパートに行き、五百円でピザの立食ができました。当時、ピザが大好きでした。

通りを歩いていると、チャンコ鍋うどんを昼の定食でたべました。

銀巴里のお店を何回か通る機会がありました。やはりなんとなく敷居が高かったのか、入ることはできなかった。もっと音楽をやっとけばよかったのに、と思ったりもします（高齢になった今、ピアノを習っています）。

当時、父が銀座で弁護士事務所を開いているということで、随分、プレッシャーもあった。でも、もう試験は、やることもないと思うとホッとする一面、今までのことは、何だったのかと、残念な面もあった。

退院し、家で父は生活できるようになった。しばらくして私は、様子をみて、同じような事務所をさがして働いた。その事務所は、弁護士、弁理士の二つの資格をもつ先生だった。父の話をしたら、びっくりしていた。やはり、いろいろ思うところあって、一年とちょっとで退社した。

自宅にいる父は、仕事をしたがって、(言語障害があるのに)自宅へ国選弁護人をよび、私がつきそいました。

そしてまた、アルバイトをさがしました。ところが、二、三ヶ月経った頃、家から、会社へ電話が入り、おばあさん(義理の祖母)が亡くなったから急いで帰宅するように、と言われました。それでそのアルバイトは、終わりになってしまいました。

それからしばらくして、前後の年月の流れは、忘れましたが、今度は、義理の母が白内障の手術（片目）をすることになり、順天堂大へ入院し、その身の回りの世話に行きました。

二十代〜三十代はじめは、司法試験の受験準備からはじまり、そんな、のんびり生活どころでなくなり、父や母の雑用の裏方で、またたくまに、すぎてしまいました。

第五章

婚活、妊活、病気・三十代前半から四十代にかけて

三十二歳ごろから婚活をはじめました。今ほど、婚活ということばは、使われていませんでした。紹介所があったので、登録しました。女性アドバイザーの方が、紹介してくださり、話をすすめてくださり、お見合いが成立しました。素朴で、よさそうな方にみえました。今の夫ですが、東京で一人暮らしをしていました。私の方から、後日、下赤塚のアパートを訪ねて行きました。今では、遠い昔のいい思い出です。私の情熱がまっただ中、若かったんですね。私の方が、一生懸命でした。

その後、ある日、夫のお父さんが、名古屋から上京してきて、お目にかかりました。

夫との結婚の許可を、一生懸命おねがいしました。三十五歳のとき、式をあげることができました。

その後、夫の経済面、お金の件で問題が出てきて、頭を悩まされることが何回かありましたが、今は亡き、夫の父が解決してくださり、助かりました。心配は出てくるものです。随分、昔のことになりました。一時、アパート生活からスタートしましたが、いろいろ支障をきたし、私の親の家に戻り、いろいろ、家の中のリフォームをし、同居しました。三十七歳で授かりましたが、流産しました。実父は弱くなり、義理の母も入院したりして、大変でした。父の身の回りの世話、義母の入院先への用事で、自転車で往復をしていました。また、隣との土地の境界線の問題も出てきて、心配ごともあり、無理しました。

それから妊活もしましたが、四十歳前後、数年、無理をしてしまい、体をこわしてしまいました。大事をとればよかったのです。くやまれます。

四十五歳のとき、子宮筋腫、卵巣のう腫の手術のため、一ヶ月程、入院しました。

ちょうどこの時、実父の面倒を少なからずしていたので、私が、入院中、父をどうするか、思案にくれました。父の隣のベッドには、体の弱っている義理の母親がいるので、自分が入院する手配と、その間、父を預かってもらえる入院先を必死にさがしました。今みたいに、パソコンも、スマホもなかったので、電話帳で二件ほどみつけて、それぞれ、下見に行きました。杉並区のロイヤル病院に決めました。問い合わせして、院長先生にお目にかかり、事情をお話しし、全てをお任せしました。また手続きなどは、夫に全てを託しました。そんな頼りになる夫でしたのに、三十年たった今、夫は腎不全の病気により透析治療五年。令和五年十一月より、入院、転院を二回し、令和六年二月中旬より、サービス付高齢者向け住宅に入居することが出来て、手厚い介護を受けてます。

義理の母親の方は、家政婦さん（当時、ヘルパーという言い方は、あまりなかったように思うが）を見つけ、あとは夫にお願いして、東京医科歯科大学に入院した。

私が入院する前日、父が危篤と院長先生から知らせがあったらしいが、手術し終わるまで待っていてくれたらしく、通夜にはいけなかったが、告別式には立ち会うことができ、そのあとで、抜糸した記憶がある。

とにかく大変な時でした。

また、私自身、入院してすごしてた時、お母さんを亡くされた気の毒な女の子（十歳）がおられました。かつて昔、私の幼き四歳の時のことが鮮明に思い出され、悲しくつらいことでした。すっかり昔のことになりましたが。

一ヶ月後無事退院し、しばらく療養しました。翌年、一月阪神・淡路大震災があったことは、ショックで忘れません。おなかのきずにこたえました。

四十代後半は、病の再発を心配して、しばらく、静かに暮らしていました。しかし、三年から五年、六年経過していくうち、元気を取り戻してきました。

第六章

五十代から六十代半ばの東京をはなれるまで

病気の心配もなくなってきた頃、夫と共に、ハワイの灯籠流し団体ツアーに参加しました。五十歳すぎの頃です。

亡き友人のすすめもあって、二十九歳の頃、とある宗教に入り、今は、脱退してますが。そこで開催してくださり参加できたこと、いい思い出です。

このことがきっかけで、翌年とその翌年、個人的に夫とハワイへ旅行することができました。

五十代後半は、仏教徒同士というご縁で、来日してたスリランカ人の女性ラニさんと、電車（玉電）の中で知り会い、友人ができました。

また、その方の友人のラトナさんという男性の方とも知り会うことができました。何回も日本にきてるので、日本語もよくできて、その不思議な縁で、スリランカを訪問し滞在することができました。初めての日は、飛行場が古くて夜中到着だったので、ラニさんファミリーは、みつかりませんでしたが、だいぶ待って、ラトナさんが迎えに来てくださいました。夫とともに経験した衝撃的な一日でした。

当時、ラニさんファミリーのお宅と、ラトナさんファミリーのお宅と交流し、滞在できたこと、いい経験しました。全部で五～六回は、訪ねました。

こうして、ハワイ、スリランカの旅行以外の日本にいる時、五十歳前後は、銀行のパート事務をしていました。そしてその頃、義理の母が入院してたので、時々見舞いにいけると、軽い気持ちでその病院の厨房（栄養課）調理補助に応募して入った。が、なれないことをするのは大変だ。見舞いどころか帰りはぐったりして、家へそそくさと帰る毎日だった。他には、ミニメイドのサービスの仕事で、個人宅、マンションの清掃、ホテルの室のベッドメイキング、清掃などもした。働きにきてたアジア系の女性は、あまりにも手際よく仕事をするので、おそれいりました。久我山病院の厨房内、夕方入る調理補助、いずれも短時間、短期間、パート、アルバイトをしました。さらに、六十五歳までということで、愛育病院のグリルにて昼食前後の時間帯のみの調理補助、週二～三日、さらに、永福町にある学生寮の夕食の調理補助などもやってみました。どれも時間とのたたかい。手ぎわよくやるのは、大変でした。

話は前後するが、杉並区の久我山病院の仕事の帰りは、帰りが、夜九時近くになるときもあり、その時間帯は井の頭線はがら空きで、一人で一車両を貸しきった気分。疲れて帰るとき、こういう楽しみ、幸せもあるんだなーと思いながら、帰っていた。

追記

義理の母は、平成二十年五月十日、老衰のため死す。九十二歳、生前、本人の承諾をえて実父と夫浩之の協力で、義理の母と私孝子の養子縁組をしておいたので、養母、養女となりました。もめることが少なく、助かりました。

第七章

名古屋での生活、二〇一四年（平成二十六年）三月まで

東京。三月三十一日引越しの日から現在まで（令和六年三月）

引越当初は私も夫も、旅行しているような感覚だった。

名古屋は、夫の両親が存命中、住んでいたので（その後、兵庫県西宮に移転）夫が、帰省する時、同伴したところである。その後も新幹線で何十回と往復し、夫だけでは何百回か利用している。

しかし、新しく住居を構えるとなると、いろいろ手続き等々で大変であった。

まず、交通である。近くにバス停がある。しかし、本数が、きわめて少ない。当初、区役所に行くにあたって、夫と利用したが、長い目でみても、どこにもバスと、地下鉄利用だけでことたりるか不安であった。幾分わかっていたことだが。東京からもってきた電動自転車に乗って道路地図を頼りに道を覚えるよう努めた。

車は、ペーパードライバーだったので、自動車学校へ通い、高齢者講習の講義で、運転と学科の講義をうけた。

おかげさまで、購入した車が大いに日々の生活に役に立っている。

そうこうしているうち、夫は東京の時から、目の不自由を訴えていたが、より不自由さを訴えるようになった。検査になかなかいかなかった。やっとこの名古屋の地で実現できた。近所の田辺眼科の紹介で、中区にある有名ときいた杉田病院で、手術をうけた。しかし、初診の時の待合室での人の多さ、待合時間、初診ということで三時間、いや四時間だったか、とにかく、だいぶ待った。

また、手術の日程を申し込むにあたり、つきそいが必要だとわかった。妻の私がつきそった。中には、奥さんが杖をついて不自由だから、ヘルパーさんをたのんでありますす、といっておられた方もいた。高齢になると、いろいろ不自由なことがある。

平成二十八年
五月三十一日（火）左眼
六月三十日（木）右眼

それぞれ、二晩ずつ、つきそったと思う。手術中、待合室で待つことになっており、とても心配した。両眼とも、手術が無事終了。ホッとしました。その後も、ケアの点眼めぐすりをしばらく点眼した。
私は、かねてより、心配ごとをかかえていた。東京では、義理の母の相続問題があったので、実現できないでいたが、それも解決し名古屋へ引越してきて、頭の整理もできたので、私の父方の墓を解決しなければならなかった。小平霊園の墓じまいである。

　平成三十年二月二十八日から三月二日の二泊三日で、夫の協力、同伴で、名古屋から東京へ、東京都の小平霊園の墓じまいのために行ってきた。何十年も、心にひっかかっていた。できれば東京在住のおり、解決しておきたかったが、諸事情と、金銭面の工面でむずかしかった。名古屋からそれを実現するには、相当な準備とエネルギー、気合いが必要であった。

　お金の目処もつき、平成二十九年十月十八日〜二十日、下見と予行演習にちかいことをしておいた。

　本番当日は、二月二十八日、タクシーをよび、名古屋発で新幹線を利用した。

昼前に、品川に到着した。かねてより予約しておいたMKタクシーで小平霊園管理事務所まで運んでもらった。

事務所へより用がすんだら、タクシーを事務所でよんでもらい、東村山市役所へ行き、事務的手続をおえ、そのままタクシーで予約しておいたホテルメッツへ。

一泊して翌朝、三月一日、モーニングを終え、タクシーをよび、再び、小平霊園管理事務所の前まで行った。夫は当時、すでに車イスを利用していたので、名古屋の自宅から、レンタルの車イスを持参して、大変だった。

東京から、名古屋、この村雲の地、移転した当初は、比較的、おだやかにくらしていたが、健康面に不自由な面がでてきた。

タクシーをおりて夫を車イスに乗せ、それを私が押して父方の墓地へ十二時に到着、石材店の男性二人に心づけをし、墓地の工事の作業にかかってくださいました。一つ一つ、骨つぼをとり出し、全部で六つ出てきました。私の実父、嘉盛、実母、春子、春子の姉の韶子《あき》（伯母）、父方の祖父母、そして幼児の小さな骨つぼ、実兄泰輔とすぐわかりました。石材店の男性の方が、

「どうしますか？　お母さんと一緒にしましょうか？　したらどうですか」

といってくださり、私は、

「いいですよ。お願いします」と申し上げました。

そしてそのそばに、小さなキューピーちゃんらしきお人形が、少しバラになって、土をかぶっておいてありました。

親の愛情を感じました。悲しくて、涙がとまりませんでした。そのキューピーちゃんは、家へもって帰りました。日本のキューピーちゃんなのか、朝鮮半島の時代のものか、よくわかりません。

それから、移動して、合葬埋蔵施設二号基の前に移動しました。献花台がありました。骨つぼを置く台を用意してくださり、お坊さんがお経をよみあげ、焼香のあと、都の職員（霊園事務所の方）がお一人で、一つ一つ丁寧に運んでくださいました。

本当に心から安心しました。

バラバラだったのを、セロテープで貼りつけました。

夫は名古屋出身であるが、東京に長いごと住んでいて、生活もおっとりのんびりしてて、三十七歳まできままに一人暮らししてたらしいので、再びまいもどっても、浦島太郎です。話の辻褄があわないことがあります。年月が経ったんですね。いろいろ同時進行の出来事が出てきて、引越しして、しばらくして、夫の母親の話がもちあがった。夫の母は、夫の妹一家と暮らしていた。電話口で、義妹からお母さんの世話が、苦になっている話をしていたからだ。

一応、夫のお母さんが入れる老人ホームの下見を、夫、妹、私、三人で二ヶ所まわり、ひとつにしぼった。それがよかったかどうかわからないが、ひとまずおちつき安堵した。すでに九十歳をこえて九十三歳で入居したから、本人はのぞんでいなかったかも。

でも、前々から妹は、一人でかかえこむことが苦痛だと訴えていた。夫の母は三年後に亡くなった。九十六歳だった。八月の暑い日で、夫と私は、母のところへなくなる数時間前に出向いた。ドライアイスで室全体を冷やし、私は、つきそいのため室に入っていたが、非常に寒かった。

夫の母は三年間老人ホームにいたが、その間、たびたび夫と訪ねにゆき、二回ほど外出という形で、昭和区村雲町のこの家に、泊まりに来た。九十歳すぎてなれない部屋とベッドで、夜おきあがり、大変な無理があった。

もう、行くこともなくなったホームだったが少しでも、スキンシップになったかな。

夫の父は、私たちが東京在住のおりに亡くなっており、東京から西宮での葬儀に参列した。急なことだったので、出かけるのが、あわてふためいたのを覚えている。柴犬のタロウ君、動物病院へあずける時間があったのか、すっかり忘れて、おもいだせない。やはり、九十六、七歳だったと思う。長生き夫婦でした。それから、一年後の八月、東京から連れてきた柴犬タロウ君が亡くなった。十八歳と十ヶ月でした。よくがんばりました。

東京から名古屋へ移動するにあたり、タロウ君をどうするか。夫と私は、いったん、今の村雲の家に引越したが、柴犬タロウ君は、東京のおせわになった動物病院にあずけ、四月六日再び向かいにいき、前々から予約しておいた、犬を運んでもらえるワゴンタクシーで名古屋に向かった。目が緑内障で悪くなり、この時点では、片目は見えていた。もう片方の目は、最後は見えなくなっていた。でもよくがんばった。

表彰状

荒川浩之様

（愛犬　タロウ　17歳）

あなたは動物を愛する心の豊かな持
主であり愛犬がめでたく長寿となり
したことをお祝いして表彰します

平成30年9月23日

名古屋市健康福祉局長　杉山勝

十八歳と十ヶ月長生きしました。名古屋へきてよかったね。
ありがとう。

夫は目の手術を終わったあとも、眼科に通院を続け、糖尿病のチェックで、ゆあさクリニックに通院中、腎臓の数値が心配だから紹介状を用意するから、名古屋市立大学病院で受診するよう言われました。いろいろ心配ごとがふえます。

二〜三年近く名古屋市立大学病院に通院しました。結局、透析治療をすすめられ、ショックでした。

知らない世界、私達にはかかわりのない世界と思っていました。夫が、ふびんでした。平成三十一年三月、シャントの手術を経て、先生より今後のお話を聞き、近くの腎クリニックで、人工透析を受けることになった。

とうとう、そういう時が来てしまった。ショックだった。元号が変わって、令和元年四月八日、ごきそ腎クリニックでの透析治療がスタートした。最初は、四時間かかっていた。帰宅するまで、まっている私は、不安だった。食事のこととか。

と同時に、少し前から、ひとりで入浴ができず、妻の私に入浴の介助するようにたのまれ、一年間程がんばってみたが、やはり大の男の体を家庭の風呂場で洗うのは容易でない。チビの私は、もうフラフラだった。その頃、要介護認定を受け出したので、ケアマネージャーに相談し、男性の看護士さんに訪問看護という形で入浴の介助をしてもらった。途中で一人変わったが、あわせて三年ぐらいしてもらった。いろいろ、その間、外で転ぶことが多くなり、デイサービスを利用するようになり、そこで入浴をお願いすることとした。

透析治療で月水金は送迎のバスにお世話になり、火土は、デイサービスを利用する日課になった。透析治療も五年間となると、だいぶ体も弱くなり、家の中でも、転ぶことが多くなった。最初は、どうにか自分で歩いて迎えの車に乗りこむことができたのですが、しばらくすると、家から出る時から車イスを利用するようになってしまった。

東京在住の折、名古屋や西宮へ、新幹線で何十回・何百回と利用した夫が、名古屋にもどってきて、体力が随分おとろえ、介護を受ける生活、車イス生活になってしまった。透析治療生活も大変である。ここ数年、救急車にも三回か四回ぐらいお世話になった。

令和五年一月には私がコロナに、二月は夫がコロナに罹患しました。回復できてよかったです。しかしながら、家での療養生活、介護生活は、過酷な日々です。特に朝は早いんです。昼近くだったらどんなにいいかと思いました。特に冬場は、朝八時半にあわせるのは大変です。送り出す準備、下の世話、食事等々《などなど》、本人が一番つらかったと思う。急いで食べなければならず、よくむせていました。

令和五年十月末、やはり家で転んで、救急車をよんで、名古屋市立大学病院に入院しました。

そして左大腿骨骨折のため手術を受けた。今は完治しているようだ。この時の入院は、非常に心配した。他に検査する箇所があった。何回かの主治医の先生との経過連絡のやりとりで、深刻だった。消化器の検査、胃カメラの検査をした。これでおちついたと思われ、名古屋市立大学病院での急性治療も終わりそのあとのサポートでかわな病院へ転院した。のばしのばしだったので、ひと安心していた。十二月五日だった。しかし、かわな病院の主治医の先生から、連絡があり、何日もたっていない九日、診てもらわなければならなくなったから名古屋市立大学病院へ入院の手配してください、とかかってきた。入院の手配をした。

医師から、

「胆のう炎ですよ。MRI《エムアールアイ》、おなかのエコーをとりましょう」

と、連絡が入りました。

「膿をぬくので、おなかに針をさします。チューブを入れます。感染に気をつけます」

いろいろむずかしいお話がとびかう中、転院の話が出た。転院ものばしのばしになり、令和六年、一月二十四日かわな病院に可能となった。

最終章

令和六年四月、夫浩之は、サービス付高齢者向け住宅アンジュかわなに入居し、透析治療及び介護を受けてる。頻繁《ひんぱん》に巡回もあり、土日の不安もなくなり安心してまかせられる。もっと早く入居させてあげたかった。

二〇二一年(令和三年)一月二十二日(金)三時ごろ、トイプードルの女の子が、私達夫婦のところに到着したんです。いっしょに暮らすようになりました。マリアちゃんです。保護犬で、ワンワンレスキューより譲り受けました。マリアちゃんを連れて、夫のところへ面会にいってます。

高齢になりつつある私ですが、夫が病気治療専念する中で少しでも明るくはげみになればと、マリアちゃんを迎え入れることができてありがたいです。

完

著者プロフィール

メロンパン

1948年：東京都豊島区椎名町に生まれる。
1961年：世田谷区立代田小学校卒業。
1964年：世田谷区にある私立鷗友学園女子中学校卒業。
1967年：私立鷗友学園女子高等学校卒業。
1973年：青山学院大学法学部私法学科卒業。

卒業前後、数回司法試験に挑戦するも思うようにいかず、就職やアルバイトを経て35歳で結婚。現在に至る。

心のたまてばこ

2024年12月15日　初版第1刷発行

著　者　メロンパン
発行者　瓜谷 綱延
発行所　株式会社文芸社
〒160-0022　東京都新宿区新宿1－10－1
電話　03-5369-3060（代表）
03-5369-2299（販売）

印　刷　株式会社文芸社
製本所　株式会社MOTOMURA

ISBN978-4-286-25953-6